Pour Mark, avec amour ~ T C

Pour Laura et ma famille, merci pour
toutes les ondes positives et votre soutien ~ T N

Titre original : The One-Stop Story Shop
Première publication en 2019 en Grande-Bretagne

5, rue d'Alembert
91240 Saint-Michel-sur-Orge
Dépôt légal : 1er trimestre 2019
Loi n°49-956 du 16 juillet 1949
sur les publications destinées à la jeunesse.
Imprimé en Chine

UN MARCHAND D'HISTOIRES

pas comme les autres...

Tracey Corderoy

Tony Neal

Piccolia

Il était une fois,

dans une forêt sombre, un brave chevalier venu combattre un terrible dragon.

« Sors et viens te battre ! Moi Tancrède le Hardi, je te vaincrai d'un seul coup d'épée, **dragon de pacotille** ! » braille-t-il.

Tancrède pointe son épée en avant, mais aucun cri de dragon ne se fait entendre. Alors il s'approche de l'entrée de la caverne...

Soudain, le chevalier voit un mot.
Un mot écrit par le dragon.

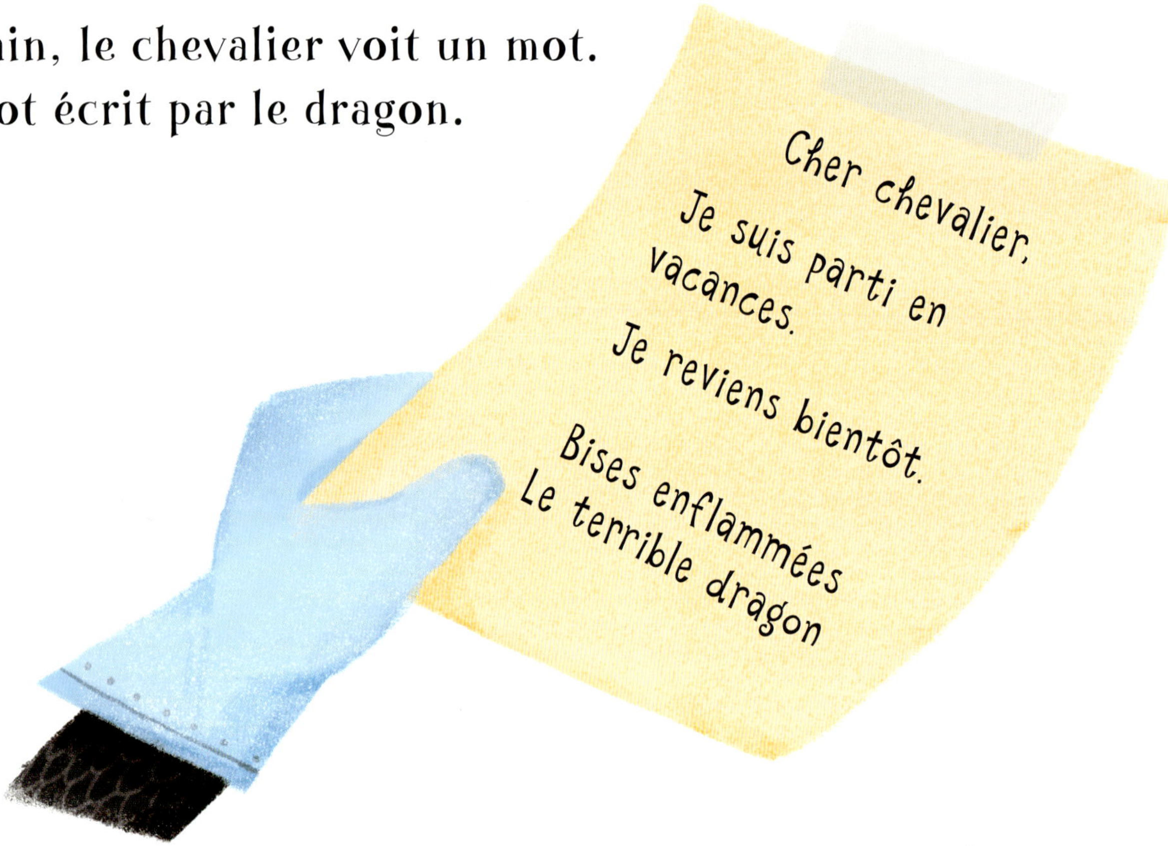

« **Saperlotte !**
s'exclame Tancrède.
Comment ça parti en vacances ?! Et moi,
comment je fais pour finir mon HISTOIRE ?

– **Une histoire à finir ?**
intervient
une étrange femme.
Suivez-moi ! »
Et elle le guide
dans la forêt...

« Le marchand d'histoires... lit Tancrède.
Dépanne vos histoires en objets, lieux, personnages et bien plus, à petits prix !
C'est exactement ce dont j'ai besoin ! » dit Tancrède en entrant.

« Bonjour, j'ai besoin d'un **dragon !** clame le chevalier. Le plus **terrible** que vous ayez.
– Sacrebleu ! répond le marchand. Nous avons vendu notre dernier dragon hier. Mais si vous cherchez quelque chose de terrifiant, j'ai EXACTEMENT ce qu'il vous faut. »

« Ta-daaaa ! »

« **Quoi !! Un furet ?!**
dit Tancrède en s'étouffant.
Il est... **mignon**, mais pas
terrifiant pour un sou !
Que dira-t-on d'un chevalier qui
combat un **furet** ?

– Dis donc, je peux être terrifiant
si je veux ! » s'indigne le furet.

Le marchand hoche la tête.
« Mais bien sûr que les chevaliers peuvent combattre des furets ! Il suffit de trouver la bonne histoire. »

Et il se met à fouiller dans ses tiroirs, tous remplis d'histoires **prêtes** à être racontées.

« **Ah ah !** crie-t-il. Quelque chose comme…

… La Chasse Intergalactique.
Vous parcourrez la galaxie pour combattre
le… attendez deux minutes…

le très MÉCHANT
Furet de l'espace !

– Non, non, ça ne va pas du tout ! intervient Tancrède. Les chevaliers ne volent pas dans des… navettes spatiales. Ils montent de fiers destriers.

– Très bien, répond le marchand, si ce sont des chevaux que vous voulez, que pensez-vous de…

… La Poursuite du Far West,
une aventure de cow-boys !
Ici, vous traquerez le terrible
Fufu le Kid, un hors-la-loi
qu'il faut à tout prix capturer.

Vous chevaucherez à toute vitesse…

… jusqu'à ce que vous… »

Il n'est pas difficile de comprendre que cette histoire ne plaît pas du tout à Tancrède !

« Humm... Laissez-moi vous proposer **l'Histoire du Mois**, reprit le marchand. Je vous la fais à moitié prix ! Je suis **SÛR** que vous allez aimer...

... La Jungle Maudite !
Dans cette histoire, les éléphants, une bombe d'insecticide et une carte au trésor sont inclus.
– Oh, oui ! interrompt Tancrède ravi.
Les chevaliers ADORENT les trésors !
– Quelle coïncidence, moi aussi !
hurle Furet. Comme ça va être excitant ! »

Mais quelqu'un
d'autre
se glisse
dans cette
aventure...

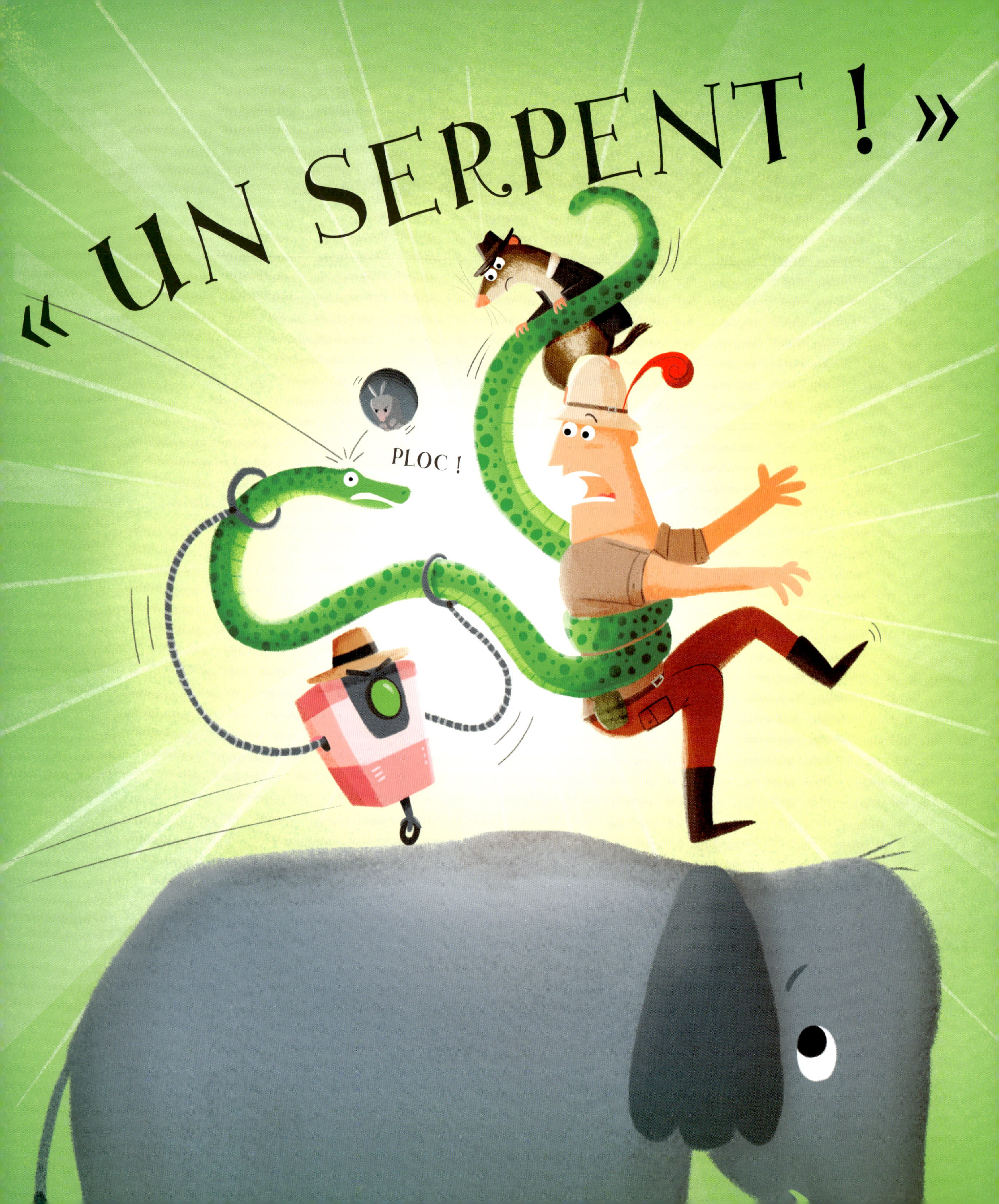
« UN SERPENT ! »
PLOC !

« Bi… bien le merci ! bafouille Tancrède.
Même les plus braves des chevaliers ont parfois besoin…

– … d'amis ? le coupe Furet.

– Hum… oui, répond le chevalier timidement, c'est bien cela. »

Ils se reposent un moment, quand soudain… SPLAT !

« Fiente d'oiseau ? Beurk ! peste Tancrède dégoûté. Je vous en prie, trouvez-nous une histoire plus PROPRE !

– Avec de l'eau pour nettoyer tout ça ! ajoute Furet.

– Hmm, laissez-moi voir… » dit le marchand. Il ouvre une écoutille qui se trouvait là et les fait tous plonger dans…

… La Terreur des Océans.

« Pardi, cette histoire a tout ce qu'il faut ! s'exclame Tancrède. De fiers destriers, une grotte mystérieuse et un formidable trésor. Il ne manque plus qu'une terrible créature à combattre. Et une vraie, n'est-il pas Furet ?

Furet ?! »

« Relâche immédiatement ce furet ! » ordonne le chevalier. Le moment de la grande bataille est enfin arrivé !

« À l'attaque ! » hurle Tancrède.

Et il combat **longtemps** et **hardiment**,

jusqu'à ce que Furet soit **libre !**

« Tancrède le Hardi n'a peur de rien ! clame le chevalier.

– Hourra ! » renchérit Furet.

Mais la terrible créature, encore plus en **colère**, parvient à se libérer.

« **Saperlotte !**

dit Tancrède. Il doit bien y avoir un moyen de l'arrêter ! »

Furet regarde partout.

« **Un bouchon !** »

Il tire un grand coup sur la chaîne et tire encore jusqu'à ce que…

... et la bête
disparaît.

« Quelle incroyable aventure ! s'exclame Tancrède.
À partir de ce jour, Furet, tu seras mon fidèle compagnon.
– Vraiment ?! » dit Furet ravi.
Mais soudain, une voix les interrompt...

« You-hou! »

C’est le dragon ! Il est rentré plus tôt de ses vacances.
« La météo était vraiment AFFREUSE ! se plaint-il.
Prêt pour une petite bataille, Monsieur le Chevalier ?

– **Non merci !** répond Tancrède.
J'en ai fini avec les dragons.
Nous avons tant d'histoires à vivre
maintenant ! Bientôt vous découvrirez
Les célèbres aventures de Tancrède le Hardi
et Furet le Brave !

YAAA ! »

Et dans un galop assourdissant
ils disparaissent vers le Soleil couchant...